Escrita por Fabienne Gheysens
Traducida por Tamara Montes Blanco

La felicidad de los ogros

de Daniel Pennac

ResumenExpress.com
GUÍA DE LECTURA
Cincuenta
sombras
de Grey
por E.L. James

PARA IR MÁS ALLÁ 21

DANIEL PENNAC

ESCRITOR FRANCÉS

- **Nacido en 1944 en Casablanca (Marruecos)**
- **Algunas de sus obras:**
  - *Perro, perrito* (1982), novela juvenil
  - *La felicidad de los ogros* (1985), novela
  - *Como una novela* (1992), ensayo

Daniel Pennac, cuyo verdadero nombre es Daniel Pennacchioni, nació en 1944 en Marruecos. A pesar de su pasado de mal estudiante (el cual narra en *Mal de escuela*, publicado en 2007 y nominado al Premio Renaudot), acabó siendo profesor, ensayista, novelista y autor de literatura juvenil.

El gran público conoce a Pennac, principalmente, gracias a la saga Malaussène. Se trata de una serie de seis novelas policiacas que relatan las aventuras de la familia Malaussène y, en especial, de Benjamin, chivo expiatorio profesional. *La felicidad de los ogros*, el primer volumen, fue publicado en 1985, y *Los frutos de la pasión*, el último, en 1999.

LA FELICIDAD DE LOS OGROS

EL ALBOR DE LA SAGA MALAUSSÈNE

- **Género:** novela policíaca
- **Edición de referencia:** Pennac, Daniel. 2000. *La felicidad de los ogros*. Traducido por Manuel Serrat Crespo. Barcelona: Mondadori
- **Primera edición:** 1985
- **Temáticas:** terrorismo, humor, violencia, literatura, satanismo

Publicada en 1985, *La felicidad de los ogros* es la primera novela de Daniel Pennac en la que aparece la familia Malaussène. La trama se desarrolla en torno a una serie de atentados con bomba en el Almacén, la gran superficie donde Benjamin Malaussène, el protagonista, trabaja como controlador técnico. Este no tarda en convertirse en el sospechoso principal del caso.

Igual que ocurrió con *El hada carabina* (la segunda novela de la saga), *La felicidad de los ogros* se publicó inicialmente en la colección «Série noire» de la editorial francesa Gallimard, especializada en novela policíaca. No obstante, su reedición en otra colección más generalista («Blanche») da fe de que la novela, por el trabajo de los temas y la omnipresencia de referencias literarias, va más allá del simple esquema de novela policíaca.

RESUMEN

Durante las navidades, una serie de atentados con bombas sacuden Belleville, suceso que siembra el pánico entre los ciudadanos y que origina seis víctimas.

LOS PRIMEROS ATENTADOS

Benjamin Malaussène vive en el barrio de Belleville, en París, y trabaja en el Almacén, donde ejerce la profesión de chivo expiatorio: sufre las recriminaciones de los clientes en el lugar de la dirección. El 24 de diciembre, una bomba explota en el Almacén: el pánico cunde entre los clientes. Sin embargo, no causa muchos estragos: la bomba solo ha originado una víctima. De vuelta a casa, Benjamin recibe una llamada de su hermana Louna, que no sabe si abortar, y después, de su madre, que le ha dejado a cargo de Clara, Thérèse, Jérémy y el Pequeño, sus medio hermanos. Para entretenerlos, les cuenta una versión novelada del atentado antes de acostarlos. Aunque él aún no lo sabe, las sospechas no van a tardar en dirigirse hacia él.

Al día siguiente, Benjamin recibe la visita del inspector Caregga y enseguida prepara una versión novelesca de la entrevista para contársela a sus hermanos. A continuación, la familia Malaussène celebra la Navidad, después, el 26 de diciembre, Benjamin vuelve al Almacén, donde Sainclair, el director, arenga a los empleados. Benjamin, indiferente a las palabras de su jefe, prefiere charlar con Théo, su amigo homosexual. Théo es responsable de la sección de bricolaje y suele dejar que sus «viejecitos» se pasen todo el día jugando con las herramientas. Por la tarde, Benjamin consigue que un culturista, cuya prometida está en el hospital a causa de una cama defectuosa, retire su queja. Vuelve a casa deprimido. Tras discutir por teléfono con Louna, saca a pasear a su perro Julius por Belleville y va a tomar té a casa de su viejo amigo Amar. Cuando continúa contando su relato a los niños, su hermana Thérèse declara que la astrología hizo que la muerte provocada por la bomba fuera un suceso inevitable.

Unos días después, Benjamin acude en ayuda de una ladrona de escaparates, que en realidad es periodista, cuando una segunda bomba explota muy cerca de él y mata a dos personas.

El joven, al que la explosión ha dejado sordo, observa el pánico con indiferencia. Se lleva a la ladrona, a la que llama tía Julia, a casa. Esta le explica sus teorías sobre el rendimiento sexual en diferentes partes del mundo, lo que paraliza a Benjamin cuando están retozando. De repente, la familia Malaussène irrumpe en la habitación, acompañada de Théo y de varios travestis del Bosque de Bolonia. Entonces comienza una fiesta durante la cual Thérèse impresiona a un brasileño con su don de la clarividencia.

LA CRISIS DE JULIUS

Durante una asamblea intersindical del Almacén, Benjamin entra en una crisis de sordera. Mientras deambula por el Almacén, se encuentra con Stojilkovitch, el vigilante, y quedan para jugar al ajedrez. A continuación, este le transmitirá la idea de que las bombas iban dirigidas a víctimas muy concretas. Benjamin sale del Almacén pasando por la sección de juguetes, donde su perro Julius sufre un ataque epiléptico, lo cual sabe que siempre es un mal presagio. Efectivamente, la desgracia no tarda en aparecer: Sainclair, que no está contento con que el comisario Coudrier esté el corriente del trabajo de chivo expiatorio de Benjamin, convoca a este último. Resulta que no mucho antes, el comisario Coudrier, encargado de la investigación sobre las bombas del Almacén, interrogó a Benjamin y mostró especial interés por su profesión. Una vez en casa, Julius no se repone del ataque epiléptico. Thérèse afirma que la segunda bomba también estaba escrita en los astros.

Benjamin le propone a tía Julia que escriba un artículo sobre su profesión de chivo expiatorio con la esperanza de que lo despidan del Almacén. Esta acepta y lleva al joven a una conferencia contra el aborto que da el profesor Léonard. Mientras Julia y Clara trabajan en el artículo, Benjamin es felicitado por su diligencia en el trabajo. Por tercera vez, una bomba explota en el Almacén, a pocos pasos de Théo y de Benjamin. En las ruinas del fotomatón, donde estaba colocada la bomba, Théo encuentra una fotografía que resulta ser de un niño al que mató el profesor Léonard, víctima de la tercera bomba. Mientras tanto, Julius se recupera por fin de su ataque.

EL PROFESOR LÉONARD

Benjamin es agredido por unos colegas del Almacén que creen que es él quien ha puesto las bombas. La policía lo auxilia y lo lleva a casa del comisario Coudrier, y después

Benjamin se encuentra en su casa con Théo. Este, que cree que Léonard merecía morir, se niega a entregar a la policía la foto que encontró. Benjamin se enfurece con Thérèse, que sostiene que el profesor Léonard era la reencarnación de Aleister Crowley, y después vuelve al trabajo, que cada vez se le hace más cuesta arriba. Benjamin inventa el relato de la captura del causante de los atentados por parte del comisario Coudrier para contárselo a sus hermanos.

Clara, que encuentra la foto del profesor Léonard, observa dos detalles: uno es que en ella aparecían otras personas y un perro que está sufriendo un ataque epiléptico, y el otro, que fue tomada en el Almacén durante los años cuarenta. Ahora bien, tal y como el viejo librero del Almacén le contará a Benjamin, el lugar cerró en 1942. Convencido de que el escándalo será silenciado por las familias de las víctimas de clase alta, que probablemente debían culpar a niños huérfanos, Théo se niega a entregar la foto a la policía. Jérémy intenta fabricar una bomba casera con los objetos disponibles en el Almacén y, entonces, prende fuego a su colegio.

Cuando una cuarta bomba explota en el Almacén, Benjamin se encuentra en el cementerio de Père-Lachaise. Thérèse, por el contrario, está en el lugar: había predicho el día del atentado gracias a la astrología. Por otro lado, Clara ha enviado a varias editoriales la primera novela de Benjamin Malaussène: se trata de la historia que cuenta a los niños por la noche, basada en el caso de las bombas. Desde ese momento, todas las sospechas se dirigen hacia él.

EL SEXTO OGRO

Benjamin se desespera al no ver al «viejecito» ladrón de munición, al que sorprendió en flagrante delito en el Almacén y que es el único sospechoso aparte de él. Sin embargo, este hombre, al que Benjamin llama Pepito Grillo, reaparece y lo aborda en el metro para explicarle que los atentados que ha cometido se dirigen a eliminar a los miembros de una secta satánica activa en 1942, la Capilla de los 111. Además, invita al joven a asistir al asesinato del sexto y último de sus miembros.

Su hermana Louna da a luz y la familia Malaussène y sus amigos se reúnen para festejar. Benjamin, quien, tal y como esperaba, ha sido despedido del Almacén tras la publicación del artículo redactado por tía Julia, pasa una entrevista de trabajo en una editorial. Sin embargo, la directora no quiere publicarle: lo que desea es un chivo expiatorio. Con el regreso de su madre soltera y embarazada, Benjamin decidirá aceptar el puesto.

En la sección de juguetes, Benjamin se encuentra con Pepito, que se entretiene con una figurita de King Kong motorizada que le lanza al joven. Benjamin comprende que Pepito es el sexto «ogro» y cree que él será su próxima víctima. Pero, cuando se lanza sobre el juguete, quien explota es Pepito. El comisario Coudrier le explica a Benjamin que los seis miembros de la secta se suicidaron en el mismo lugar de sus viejas fechorías. En realidad, Pepito pensaba hacer que acusaran a Ben de su asesinato para acarrear la caída de un «santo».

ESTUDIO DE LOS PERSONAJES

BENJAMIN MALAUSSÈNE

Benjamin, el hermano mayor de la familia Malaussene, trabaja en el Almacén como chivo expiatorio. Su oficio consiste en asumir toda la responsabilidad de las diversas disfunciones de los artículos del Almacén, preferentemente de forma tan patética que el cliente renuncie a poner una queja.

Este trabajo poco agradecido, añadido al hecho de que casi siempre se encuentra en el lugar del crimen, hace de él el sospechoso perfecto. Además, las acciones extrañas de sus hermanos no son de mucha ayuda. Pero ser chivo expiatorio es más que una profesión, es su destino, y él se ve obligado a buscar al auténtico culpable. Compasivo con las desgracias ajenas (cosa que le dota de eficacia en su empleo), puede ser cínico, pero también demuestra una gran gentileza hacia sus amigos y familia. Es un apasionado de la literatura y se le da bien inventar historias.

Además del afecto que sienten por él sus medio hermanos, con los que se comporta como un «hermano mayor» responsable, Benjamin suscita la simpatía del viejo Amar, del vigilante Stojilkovitch, del comisario Coudrier y de su colega Théo, pero se gana la enemistad del resto del Almacén. Desarrolla una relación amorosa con tía Julia.

LOS NIÑOS MALAUSSÈNE

Nacidos de diferentes padres, Benjamin se encarga de

cuidarlos a todos. Cada uno tiene un carácter propio y particular: la dubitativa enfermera Louna, la dulce Clara, la clarividente Thérèse, el pícaro Jérémy y el Pequeño con sus adorables gafas rosas que sueña con ogros.

Todos contribuyen a que las sospechas se ciernan sobre Benjamin: este asiste a la conferencia contra el aborto de una de las víctimas pensando en su hermana Louna; Clara envía a una editorial el relato novelado de los atentados que Benjamin hace para los hermanos; Thérèse calcula con precisión gracias a la astrología las fechas de las explosiones hasta el punto de encontrase ella misma en el lugar del crimen; Jérémy fabrica una bomba casera, y el Pequeño asusta a su profesora dibujando continuamente ogros. Con Benjamin, forman una familia unida y feliz, aunque poco convencional.

TÍA JULIA

Lo único que conocemos de ella es el apodo que le da Benjamin. Es una ladrona de escaparates muy atractiva, pero sobre todo es una periodista especializada en las investigaciones profundas. Le pide a Benjamin que sea su «portaviones», el hombre al que acuda entre sus viajes. Quizá por deformación profesional, es capaz de introducir grandes teorías sociológicas en cualquier conversación. Es independiente y entusiasmada, y ayuda a Benjamin a lograr que lo despidan (no puede dimitir, ya que la investigación policial prohíbe los movimientos de personal) al publicar un artículo sobre su profesión.

EL COMISARIO COUDRIER

Es el policía encargado de la investigación sobre las bombas en el Almacén. Es reflexivo y no le gustan las conclusiones fáciles, por lo que está convencido de la inocencia de Benjamin, con el que comparte algunos gustos literarios. No sabemos gran cosa de su vida personal, excepto que admira a Napoleón. Comenzó su carrera ocupándose de sectas satánicas nacidas durante la Segunda Guerra Mundial.

THÉO

Es el colega y amigo homosexual de Benjamin. Cada día se hace una foto con una indumentaria diferente. Es generoso y se ocupa de los niños Malaussène cuando Benjamin no está disponible, además deja que las personas mayores desocupadas pasen los días en la sección de bricolaje de la que es responsable. Pero, sin querer, ayuda a la Capilla de los 111 en su operación: se niega a entregar a la policía una foto que revela que las víctimas mataban niños (para que el culpable pueda continuar eliminando a los «ogros») y es uno de sus «viejecitos» quien fabrica las bombas en la sección de bricolaje.

SAINCLAIR

Al jefe del Almacén le encanta fingir que es amigo de los empleados. Sonriente y muy eficaz en el plano comercial (la idea de contratar a un chivo expiatorio que supondría aho-rrarse un control técnico es suya), cambia su actitud hacia Benjamin radicalmente según los resultados de su trabajo.

No es muy simpático y, como al protagonista, le encanta Tintín.

LA CAPILLA DE LOS 111

Se trata de la secta satánica responsable de los atentados con bomba. Está formada por seis miembros (puesto que si se multiplica 6 por 111, da 666, el número que simbólicamente se asocia con el diablo). Durante un cierre del Almacén en 1942, ocuparon el lugar para practicar diversos rituales que implicaban sacrificios a niños que les habían confiado familias judías para que escaparan de ser deportados. Sus nombres solo se mencionan de pasada (a excepción del profesor Léonard), y Benjamin apodará al último de ellos Pepito Grillo. No conocemos su personalidad y solo su tendencia al sadismo y su disfrute con el mal aparecen claramente. Se los compara de forma explícita con ogros, es decir, encarnaciones del mal. Creen en la astrología; por esa razón, Thérèse puede predecir sus muertes: eligieron los días de los atentados en función de las estrellas. Son al mismo tiempo asesinos y víctimas, ya que se trata de suicidas.

CLAVES DE LECTURA

¿UNA NOVELA POLICÍACA?

Una particularidad de la saga Malaussène es su cambio de colección durante la edición en Gallimard. Las dos primeras novelas fueron publicadas en la «Série noire», reservada a las novelas policíacas, y las cuatro siguiente se publicaron de inmediato en la colección «Blanche», reservada a una literatura más general.

La «Série noire» se concentra en la publicación de novelas policíacas en su mayoría anglosajonas. Aunque la palabra «policíaca» pueda hacer referencia a cualquier novela (o película) que tenga por tema la búsqueda del culpable de un delito, la colección es más concreta:

> «Que el lector que no haya sido prevenido desconfíe: los volúmenes de la "Série noire" no pueden ponerse en manos de cualquiera sin que suponga un peligro. El amante de los enigmas al estilo Sherlock Holmes normalmente no sacará provecho de ella. [...] El detective simpático no siempre resuelve el misterio. A veces no hay misterio. Y otras veces ni siquiera hay ningún detective. ¿Pero entonces...? Entonces, queda la acción, la inquietud, la violencia bajo todas sus formas y especialmente las más deshonrosas, las palizas y la masacre. [...] En resumen, nuestro objetivo es bastante simple: no dejaros dormir»[1] (Marcel Duhamel, fundador de la «Série noire», 1948).

---

1. Cita traducida por ResumenExpress.com

Así que la «Série noire» publica más bien novelas negras que, además de la trama policíaca, quieran ofrecer una realidad social a menudo sombría. La pintura de este decorado pesimista ocupa un lugar tan importante como la resolución del enigma. Además de la violencia de la que habla Marcel Duhamel, en ellas podemos encontrar humor y un lenguaje vulgar propio de la «gente de la calle» que la novela quiere describir.

¿Es *La felicidad de los ogros* una novela policíaca? Efectivamente, nos encontramos frente a una serie de asesinatos a cuyo culpable buscamos. Sin embargo, la historia no es contada por el investigador encargado de resolver este caso (el comisario Coudrier), sino por el principal sospechoso. También algunas escenas clásicas como el interrogatorio de los posibles sospechosos (Pennac 2000, cap. 24 y 32) se ven desde un nuevo ángulo, el del sospechoso. Aunque Benjamin se plantea preguntas sobre la identidad del culpable, él no investiga; al contrario, pasa buena parte de la novela simplemente observando de forma impasible cómo suceden los acontecimientos.

Pero todo esto podría corresponder a la definición de novela negra. De hecho, el cambio de focalización podría tener el objetivo de describir mejor cierta realidad social. Entonces, ¿es *La felicidad de los ogros* una novela negra? En cualquier caso, el argot omnipresente (en páginas al azar: «mangar», «curro», «jeta», «anfetas», «pasma», etc.) apoya esta interpretación. Además, el barrio pobre y mestizo de Belleville se describe a través de sus habitantes, como la familia de Amar, padre sustituto de Benjamin. Pero todas las personas marginales (incluida la excéntrica familia Malaussène) están descritas de forma muy positiva, sin cinismo.

Por lo tanto, no hay que buscar la crítica social típica de la novela negra en Belleville, sino en el Almacén. La mayúscula y la falta de un auténtico nombre refuerzan el aspecto simbólico de este lugar, gran superficie de varios pisos que vende absolutamente de todo («el templo de la esperanza materialista», Pennac 2000, cap. 38). En él, la galería de personajes no es muy agradable: Sainclair, el director hipócrita y cínico; Lehmann, el colega de Benjamin que se ríe de la ingenuidad de los clientes; Cazeneuve, el vigilante que les saca favores a las ladronas a las que atrapa; el ineficaz delegado sindical Lecyfre, etc. Tan solo Théo y el vigilante nocturno Stojilkovitch se salvan. En cuanto a los demás, reúnen toda la mezquindad que es capaz de alcanzar un grupo de seres humanos, hasta el punto de que la crítica se dirige más al comportamiento en general de los hombres que a un cierto entorno social.

Por lo tanto, el lugar de *La felicidad de los ogros* se encuentra en la categoría de novelas policíacas, pero es mucho más que eso.

EL TEMA DEL CHIVO EXPIATORIO

A menudo, en una investigación policial ficticia, hay varios sospechosos, y seguimos varias pistas falsas antes de encontrar al culpable. El narrador, Benjamin, es una de estas «falsas pistas», pero, más que eso, es un chivo expiatorio en todos los aspectos de su vida. Un chivo expiatorio es una persona que asume los errores de los demás, y Benjamin, efectivamente, asume las responsabilidades de los demás: en el Almacén, sufre los reproches de los clientes en el lugar de la dirección; en su familia, se ocupa de sus medio hermanos en el lugar de su madre; en la trama policíaca, Pepito Grillo quiere enviarlo a prisión en su lugar.

Esta figura supera a la trama policíaca para convertirse en un arquetipo que funciona como lo describe René Girard en su libro citado en el epígrafe por Pennac (Girard 2006). Esto se constata sobre todo en la agresión del capítulo 21:

- una sociedad en crisis (los empleados del Almacén)
- designa a una persona (Benjamin),
- a la vez bastante distante del grupo (no participa en las manifestaciones del personal),
- pero que igualmente forma parte de él (también es un empleado),
- como responsable de la crisis (él colocaría las bombas)
- y ejerce sobre él la violencia que está a punto de estallar en sus filas.

Además, para que el sacrificio del chivo expiatorio sea eficaz, es necesario que la sociedad se convenza de su culpabilidad —y todos los indicios acusan a Benjamin—. No resulta anodino que los auténticos culpables hayan cometido su peor fechoría durante la Segunda Guerra Mundial, época en la que el principio del chivo expiatorio funcionaba a gran escala con la exterminación de los judíos, a los que los nazis consideraban responsables de la difícil situación económica.

El trabajo de Benjamin se basa en este principio: cuando un cliente va a quejarse, su colega Lehmann le hace ir a su despacho para injuriarlo ante el cliente, finalizando el «sacrificio» del chivo expiatorio. Si no hay muchos clientes que insistan en querer poner una queja, es porque Benjamin también es chivo expiatorio por su carácter: realmente se compadece de los problemas de los clientes y se responsabiliza de su sufrimiento. No se puede comparar a Benjamin con los detectives cínicos de la novela negra, ya que tiene la inocencia del chivo expiatorio.

EL TRATAMIENTO DEL BIEN Y DEL MAL

Al contrario que el chivo expiatorio, los ogros son culpables que pasan por víctimas. Cuando el libro acaba, los miembros de la Capilla de los 111 salen casi vencedores: nunca han sido arrestados por sus crímenes y mueren donde ellos quieren cuando ellos quieren. Lo único en lo que fracasan es en su intento de acusar a Benjamin.

La figura del ogro remite a la vez al canibalismo (el hecho de presentarse como depredador de su propia especie) y a la violencia hacia los niños (especialmente detestable, puesto que es ejercida contra seres confiados e indefensos). No es casual que, desde el comienzo de la novela, el Pequeño sueñe con ogros. Aquí, los criminales son monstruos, personajes irreales salidos de una fábula. Y así es como se ven a ellos mismos, venerando al diablo, convencidos de que su maléfico destino está escrito en los astros.

¿Qué justicia aplicar cuando las víctimas resultan ser los culpables, no solo de su suicidio, sino de crímenes atroces por los que nunca pagaron? El comisario Coudrier deja que el sexto ogro se suicide sin detener a Benjamin Malaussène.

De este modo, sus suicidios, que debían acarrear la caída del «santo» Malaussène, se transforman en la violenta aniquilación de monstruos que vivían tranquilamente en nuestra sociedad. La única solución era no hacer nada.

UNA CUESTIÓN DE LITERATURA

Las referencias a la literatura son constantes y añaden otra dimensión a la obra. El título original (*Au bonheur des ogres*) hace referencia a la novela *El paraíso de las damas* (*Au bonheur des dames*) de Zola. Esta se dedica a describir el fenómeno incipiente de las grandes superficies (en esa época, más lujosas y principalmente reservadas a las prendas de ropa) de un modo más bien positivo. *La felicidad de los ogros* tiene lugar en el interior del descendiente de estos grandes almacenes. En cuanto a los ogros del título, colocan la novela en un contexto menos optimista y romántico (ya que *El paraíso de las damas* es una historia de amor) y designan la obra como una trama policíaca oscura.

La novela también está llena de citas, la más interesante es la de *El zafarrancho aquel de vía Merulana* de Carlo Emilio Gadda: «De pasmosa ubicuidad, omnipresente en cada asunto tenebroso...» (Pennac 2000, cap. 21). Esta cita, que se aplicaba a un investigador en la novela de Gadda, designa aquí al sospechoso perfecto, Benjamin Malaussène. Además, *El zafarrancho aquel de vía Merulana* es una novela basada en una trama policíaca, pero sujeta a muchas otras lecturas, como es el caso de toda la saga Malaussène [esta cita esclarece el juego del novelista en torno a la fórmula de la novela policíaca].

Varios personajes leen y no siempre se trata de los más agradables: Sainclair es aficionado a Tintín, igual que Benjamin, y el librero del Almacén, Risson, que siempre ha apreciado a Benjamin por su buen gusto en lo que a libros se refiere, resulta ser antisemita.

Además de los lectores, encontramos a los narradores: Stojilkovitch, el vigilante serbio que cuenta sus recuerdos de la guerra, pero sobre todo el mismo Benjamin. Además de ser el narrador de esta historia, cuenta una versión novelesca a sus medio hermanos por la noche. Se trata del primer contacto de los niños con lo que les creará la afición a la lectura: el placer de escuchar historias. Por lo tanto, encontramos escondida en la novela la esencia de la literatura: el arte de narrar.

De sus orígenes (el cuento oral) a las referencias contemporáneas, la literatura está omnipresente y conduce a otras lecturas que no tienen relación con la trama policíaca.

PISTAS PARA LA REFLEXIÓN

ALGUNAS PREGUNTAS PARA PROFUNDIZAR EN SU REFLEXIÓN...

- Según usted, ¿esta es una novela policíaca? Justifíquelo.
- ¿Qué hace que Benjamin Malaussène sea el arquetipo de chivo expiatorio?
- Zola utilizaba la metáfora del ogro y la máquina para hablar de los grandes almacenes en *El paraíso de las damas*, que parecía consumir a sus empleados. ¿Cree usted que esta comparación se aplica al Almacén de la novela de Daniel Pennac?
- Clara, la hermana de Benjamin, es una fotógrafa excelente. ¿Qué papel desempeña el arte de la fotografía en la novela?
- ¿Para qué sirven las anécdotas del vigilante Stojilkovitch?
- ¿Cómo se representa a los personajes marginales?
- En una novela que habla de un chivo expiatorio y de ogros, ¿qué seriedad se concede a las artes adivinatorias de Thérèse?
- El comisario Coudrier, investigador principal, desempeña aquí un papel secundario. Compárelo con un investigador como Sherlock Holmes desde el punto de vista del carácter y del lugar que ocupa cada uno en la trama.
- Compare esta novela con el segundo volumen de la saga Malaussène, *El hada carabina*. ¿Qué modificaciones se han hecho desde el punto de vista de la narración? ¿Qué lugar ocupa el barrio de Belleville?
- Encuentre algunas de las numerosas referencias literarias de la novela y explíquelas.

¡Su opinión nos interesa!
¡Deje un comentario en la página web de su librería en línea,
y comparta sus favoritos en las redes sociales!

PARA IR MÁS ALLÁ

EDICIÓN DE REFERENCIA

- Pennac, Daniel. 2000. *La felicidad de los ogros*. Traducido por Manuel Serrat Crespo. Barcelona: Mondadori.

ESTUDIOS DE REFERENCIA

- "Le roman policier". *Encyclopaedia Universalis*, tomo 16, 73-76.
- "Série noire". http://www.gallimard.fr/collections/serie_noire.htm
- Girard, René. 2006. *El chivo expiatorio*. Traducido por Joaquín Jordá. Barcelona: Anagrama.

ResumenExpress.com